Geneva 1968 ?

$ 200

ZULMA.

Z U L M A.

FRAGMENT D'UN OUVRAGE,

PAR

MAD. LA BARONNE ST***,

DE H*******;

A LONDRES,

1794.

AVERTISSEMENT.

Nyon en Suisse, ce 10 Mars 1794.

Dans la solitude où je vis depuis deux ans, j'ai senti le besoin de me livrer à quelques idées, dont l'abstraction put un moment enlever mon ame à ses objets fixes de douleur, déchirée par le spectacle et le sentiment de tous les genres d'infortune, j'étais entraînée à réfléchir sur le bonheur, comme au milieu de la tempête, qui vous éloigne du rivage, la pensée s'attache plus fortement encore aux souvenirs qui retracent la terre où l'on voudrait aborder. *L'influence des passions sur le bonheur des individus et des nations*, est le sujet que je m'étais proposé de traiter. Cette courte

épisode est extraite d'un chapitre sur l'a-
mour, qui fait partie de cet ouvrage, dont
l'ensemble doit appeller des méditations d'un
ordre plus philosophique : je ne sais, si je
voudrai, si je pourrai jamais exécuter le
plan dont j'ai conçu l'idée, et si j'oserais
même le publier après l'avoir achevé ; le
tems n'est plus, où je croyais inspirer des
sentimens de bienveillance, et il m'a bien
fallu perdre cette confiance que je devais à
la certitude, de n'avoir jamais fait un mal
quelconque à une seule personne au monde, ni rejetté une occasion de servir mes
amis, mes connaissances, un inconnu, un
ennemi même. Dans les funestes circons-
tances où l'esprit de parti domine, le même
caractère, les mêmes sentimens, les mêmes
actions, qui, sous le règne de la justice
auraient obtenu quelques louanges, ne suf-

fisent pas pour échapper à la haine. Enfin, en recherchant comment une femme étrangère en France, si jeune à l'époque de ses troubles, et qui n'a jamais manifesté son opinion d'une manière publique, peut être mêlée dans les querelles politiques des Français ; je ne trouve que mon attachement constant avec *aux* vœux, aux espérances, aux malheurs des objets que je chéris, qui puisse expliquer les calomnies absurdes dont on m'a persécutée, si aimer profondément ce qu'on estime, si rester fidèle au lien sacré de l'amitié, est jouer un rôle, je l'ai rempli, ou plutôt il n'est rien en moi qui m'inspire, qui me permette une autre manière d'exister. — Je le sais, dans quelque situation que le sort vous ait placé, il faut maintenant savoir attendre le jour de la vérité, mais l'imagination n'a presque plus la force de transporter la pensée vers un avenir heureux, lorsque l'ame est affaissée par le poids de tant de peines.

J'ai consenti à laisser imprimer cette épisode, où l'on a trouvé de l'intérêt pour distraire un instant par le tableau d'une passion vraie de toutes les fureurs politiques. — Comment ce qui est factice devient-il aussi violent ? Il semble que les hommes sont plus dominés par les sentimens entièrement de leur création, que par les mouvemens, les affections mêmes, dont la nature a gravé l'empreinte.

ZULMA,

ZULMA.

FRAGMENT D'UN OUVRAGE,

PAR

MAD. LA BARONNE ST***,
DE H********.

J'ÉTAIS prisonnier chez les Sauvages qui habitent le bord de l'Orénoque ; mais comme ma rançon étoit stipulée, je jouissois de quelque liberté parmi eux. Un long séjour dans leur contrée m'avoit permis d'apprendre leur langue, et l'un de leurs vieillards me témoignait une amitié particulière ; son âge lui donnait des droits à l'exercice du gouvernement ; ces Sauvages ne connoissans pas la première base de toute réunion sociale, la propriété ; leurs peuplades errantes adoptaient pour chefs, ceux qui devaient à une longue expérience cet esprit conservateur, ange gardien des destinées humaines. — Un matin je fus réveillé par le bruit des instrumens militaires : je crus que

A

la guerre alloit recommencer ; le vieillard qui me protégeait vint à moi, et me dit : " ce jour „ est le plus cruel de ma vie ; je vais donner „ à mes concitoyens une douloureuse preuve „ de mon dévouement ; je suis appellé par „ mon âge et le sort à juger un coupable ; „ sept d'entre nous sont condamnés à ce triste „ devoir. On dit que le crime qui va nous „ être exposé ne peut être pardonné ; mais „ quand ma voix prononcera la sentence de „ mort, mon cœur déchiré pourra-t-il savoir „ s'il n'abuse pas du droit de l'homme sur „ l'homme, et ne s'arroge pas la vengeance „ divine ? Après ce jugement, je serai huit „ jours sans vous voir ; c'est un usage établi „ parmi nous, que les juges, qui ont con- „ damnés à la peine de mort, restent enfer- „ més seuls pendant une semaine, et soient „ rassemblés de nouveau après ce tems, pour „ confirmer, ou casser leur jugement. Dans „ votre pays, un second tribunal revise les „ décisions du premier ; ici nous en appellons „ de l'homme en société, à l'homme solitaire, „ de l'impression du moment, à la conscience „ éternelle : nous bénissons cette institution, „ puisque très-souvent elle a fait révoquer des „ jugemens sévères. —— Suivez-moi, mon ami,

» dans l'enceinte où l'on va plaider en pré-
» sence du peuple ; vous y verrez la famille
» de l'accusé plus inquiete que lui-même, de
» l'arrêt qui sera prononcé ; car nos loix ban-
» nissent pour jamais les parens d'un enfant
» coupable, et souvent dans nos déserts ils
» périssent d'isolement et de misère. Cette res-
» ponsabilité funeste est un préjugé qui nous
» est commun avec vous. Souvent les erreurs
» les plus composées s'admettent avant les
» vérités les plus naturelles, cependant nos
» mœurs errantes ne permettant pas au gou-
» nement une surveillance générale et cons-
» tante, il nous étoit peut-être nécessaire de
» chercher tous les moyens de resserrer les
» liens des familles. Et cette punition rétroac-
» tive, de quelque manière que vous la
» jugiez, a produit cet heureux effet ; ve-
» nez donc, écoutez avec attention les mo-
» tifs divers qui vont nous être présentés, et
» si vous excusez le crime que je serois prêt
» à condamner, hâtez-vous de m'en instruire,
» et sauvez à votre ami la douleur irrépara-
» ble, le meurtre de l'innocent ". Alors je suivis ce bon vieillard vers la grande plaine, où
le peuple étoit rassemblé. Je fus étonné d'en
approcher sans être averti par aucun bruit, de

la réunion d'un si grand nombre d'hommes.
„ Tous se recueillent , me dit le vieillard , dans
„ la contemplation du malheur et de la mort ,
„ et ces guerriers si braves , versent des pleurs
„ sur les dangers qu'ils ne partagent pas ".

Je me plaçai derrière le tribunal , au milieu du
peuple qui l'environnait; plus loin , on voyait
un Latanier entouré de cyprès , un arc étoit sus-
pendu à l'une de ses branches , c'est à cet
arbre qu'on avoit coutume d'attacher les cri-
minels quand ils étaient condamnés à périr;
devant les juges s'élevait l'amphithéâtre , destiné pour l'accusateur , l'accusé et sa famille;
je m'en approchai , et d'abord j'apperçus sur
un lit de gazon un jeune homme percé d'une
flêche mortelle; son sang ne coulait plus , ses
membres étaient glacés , mais jamais tant de
beauté n'avait frappé mes regards. J'éprou-
vais à la fois un sentiment d'admiration et de
douleur ; je pleurois ce jeune homme , comme
si je l'avais connu vivant : voilà , me dit-on ,
celui qu'on vient d'assassiner. Je fus pénétré
d'horreur pour le coupable , et je le condam-
nai dans mon cœur. La mère de ce jeune homme était à ses pieds : elle souleva son voile
pour parler , mais la douleur ne lui permit
pas de s'exprimer. Le nom de son fils Fer-

nand sortit plusieurs fois de sa bouche ; à travers ses sanglots, je crus entendre qu'elle
accusait de sa mort une jeune fille, appellée
Zulma, ceux qui m'entouraient, voyant mon
étonnement, m'expliquèrent les paroles de cette
mère infortunée. Dans cet instant Zulma parut ;
en regardant son visage, l'impression de son
malheur me saisit ; comme elle avançait len-
tement, j'eûs le tems de remarquer le charme de ses traits ; mais bientôt leur expression,
commandant à mon ame, l'agita tour à tour
des divers mouvemens qui s'y peignaient. —
Zulma passa devant l'arbre fatal destiné pour
son supplice ; elle s'arrêta quelques instans
pour le regarder ; mais je n'apperçus sur son
visage qu'une attention forte, et nulle émotion ne put s'y remarquer. Elle s'inclina devant ses juges avec respect et dignité, et se
tournant vers l'amphithéâtre où elle devait se
placer, elle apperçut le corps de Fernand ;
tous ses membres tremblèrent à cet aspect ; elle
s'appuya d'abord sur son arc, voulut ensuite s'a-
vancer près de cet objet déplorable : mais recon-
noissant la mère désolée qui frémissait d'horreur
à son approche, elle s'arrêta, soupira profondément, et par un grand effort paroissant se resai-
sir de toute son ame, elle commença ainsi.

A 3

« Femme respectable, dit-elle à la mère
de Fernand, pardonne si ce n'est pas à toi,
à toi seule que je m'adresse ; mes yeux ne
peuvent se fixer sur l'objet que tu tiens
dans tes bras ; quand il s'agit encore de
vivre, ce n'est pas l'instant de le regarder :
il faut aussi que je me justifie pour sauver à
mes parens la honte de mon supplice ; il le
faut, et je le puis devant les juges, devant le
peuple ; mais, oh toi ! mère infortunée, toi
qui l'aimois, tu n'as besoin que de ma mort.
Non, je ne crois pas que les paroles qui vont
servir à ma défense puissent aigrir tes regrets ;
malheur à moi, si je blesse ton cœur, si je
ne pressens pas tout ce qui pourrait l'affliger.
Que m'aurait-il servi de tant souffrir, si je ne
savois pas ménager la douleur ? " Alors Zulma
s'arrêta, mais bientôt se relevant en présence du
tribunal qui devait décider de sa vie, elle sembla vouloir étouffer en elle, tous les mouvemens qui sollicitent la pitié. " Juges de mon
sort, leur dit-elle, c'est moi qui ai lancé dans
le cœur de Fernand cette flêche sanglante,
c'est moi seule, et vos loix me condamnent
à la mort. Cependant devant Dieu je ne me
crois pas coupable. Peuple fier, vous m'ab-
soudrez ; vieillards, il vous faut entendre la

langue des passions ; rappellez vos souvenirs dans vos cœurs, et que la longue histoire de mes sentimens vous interprête leur étonnante catastrophe. Vous pleurez tous Fernand, vous vous rappellez ses charmes, ses talens, sa valeur : ah ! vous avez raison : nul homme ne pût dans le délire de son orgueil s'égaler à lui ; fait prisonnier dans son enfance par un général Espagnol, il apprit des peuples policés ces arts terribles ou séducteurs, qui tour à tour soumettent ou captivent ; mais son ame fière ne put souffrir le joug des loix Européennes ; il revint parmi nous pour se retrouver en présence de la nature, et n'en être plus séparé par les institutions mêmes, qui semblent devoir la perfectionner. Vous vous rappellez ce jour, où remportant le prix de la chasse à l'aide des arts nouveaux qu'il avait conquis sur nos ennemis, il s'indigna d'un succès qu'il ne devoit point à sa propre force, et dédaignant de se servir dans les différens emplois où votre confiance l'appellait des connaissances qu'il avoit acquises, il nous fit douter de leur utilité, tant il sut se montrer indépendant de leur secours ! Dans ce pays où nulle distinction n'est établie par la loi, il semblait se créer la royauté du génie ; et sans

qu'il le voulut, sans que le peuple même ré-
fléchit à l'hommage qu'il lui rendait, les rangs
s'ouvraient pour le laisser passer, dans l'espoir de le mieux voir. On le suivait, non par
soumission, mais pour ne pas le quitter. Son
charme invincible agissait sur vous tous qui
m'écoutez, sur vos vieillards, sur vos enfans,
sur ceux même qui pouvaient envier sa destinée. Chacun d'eux était son ami avant de
penser à devenir son rival. —— Ah! pleurez-le
long-tems, car sa vie étoit votre gloire, et sa
mort est le deuil de l'Univers. Mais il faut que le
monde périsse, quand la passion le commande ;
l'orage qui s'élève en secret au fond du cœur,
bouleverse la nature ; tout semble calme autour
de moi ; moi seule je sais que la terre est ébran-
lée, et qu'elle va s'entrouvrir sous mes pas ".

« Pendant que vous admiriez Fernand, un sentiment plus tendre s'élevait dans mon ame ; je re-
cherchois la foule pour entendre prononcer son
nom ; quand vos voix s'écriaient, *vive Fernand*,
je baissais mon voile pour répéter ces mots ; en
suivant l'exemple de tous je tremblois d'être re-
marquée, jamais je n'espérais me contraindre
assez pour ne ressembler qu'à l'enthousiasme ;
je criais : *vive Fernand*, et c'est par moi qu'il
a reçu la mort : oui, c'est l'amour seul qui

pouvait l'immoler ; quel homme dans sa haine
en eut conçu l'horreur ? Fernand distingua ces
traits aujourd'hui méconnaissables , ces traits
où sa mort est empreinte; il me parla ! ce
jour m'est si présent, que son souvenir tient
encore de l'émotion de la joie ; mon trouble
l'intéressa ; il feignit de n'en pas deviner la
cause, et voulut chercher à me plaire comme
s'il n'avait pas été certain d'être aimé. Il s'oc-
cupa de m'apprendre ce qu'il avait recueilli
dans ses voyages , il parvint à me faire compren-
dre les livres des Européens, et c'est à cette
étude même que je dois le talent de vous pein-
dre l'affreuse image de mes malheurs. Je saisis
avidement les leçons de Fernand , ma mé-
moire n'en perdit pas la moindre trace; le son
de sa voix permettait - il d'oublier une seule
de ses paroles ? Les soins qu'il consacroit à
former mon esprit et mon ame me semblaient
le plus sûr garant de sa constance ; il voulait
m'identifier avec ses propres idées, diriger
mes pensées , mes sentimens, selon ses opinions et son caractère; il savait donc, qu'il
m'eut fallu renaître pour apprendre à vivre
sans lui ! Il savait donc que Zulma n'avoit plus
une faculté indépendante qui pût lui servir à
se détacher de Fernand! La puissance de la
réflexion, le don des idées, tout ce qui com-

pose enfin l'empire de l'homme sur lui-même, étant en moi l'ouvrage de Fernand, ne pouvoit s'élever contre son auteur. Pour moi le lien de toutes les pensées, le rapport des objets entr'eux, c'était Fernand. L'ame violemment séparée de celui qui était elle, ne pouvait que s'abîmer dans le cahos du désespoir ".

" Dans les premiers tems je connus moi-même le danger de ma situation ; je sentis que ma passion s'accroissait chaque jour, et jugeant qu'il me restait à peine un dernier instant pour la dominer, je résolus de m'entretenir avec Fernand des craintes mêmes qu'il me causait. Je le priai de me suivre dans cette forêt de sapins qui borde l'Orénoque ; là choisissant un abri sauvage où nulle trace d'homme ne pouvoit désenchanter notre solitude, c'est en présence du ciel, pur comme mon ame, et du torrent agité comme elle, que j'interrogeai mon amant : je ne sais rien, lui dis-je, de la destinée humaine ; je sors de l'enfance par la plus violente passion de la jeunesse, j'entrevois un bonheur qui dément tout ce qu'on nous répéte de l'imperfection attachée à la condition de l'homme. Si le cœur peut obtenir de si douces jouissances, pourquoi l'amour est-il redouté ? pourquoi n'est-il pas le culte des

vieillards comme des jeunes gens, le premier
espoir, l'unique regret, le seul mobile dont
on se sert pour gouverner l'univers ? — Fernand me répondit sans vouloir m'éclairer sur
la nature des passions ; il accusa l'insensibi-
lité des hommes, et jura de m'aimer toujours :
écoutez, lui dis-je, écoutez : si je ne suis pas
nécessaire à votre bonheur, si votre cœur n'est
pas certain qu'il ne peut existe sans le mien,
laissez - moi ; je vous aime, mais peu de
tems s'est écoulé depuis que ce sentiment
règne en mon ame ; il n'a pas encore renou-
vellé mon être ; tous les sentiers ne m'offrent
pas encore la trace de vos pas ; chaque jour
n'est pas encore marqué pour devenir à
jamais l'aniversaire d'un de vos accens ou
de vos regards ; j'ai dans la vie, dans l'es-
pace, dans ma pensée, des retraites pour
vous fuir, l'habitude et la passion, ces deux
pouvoirs en apparence contraires, ne se sont
pas réunis pour m'asservir ; mais si vous laissez mon cœur se dire ; Fernand ne me quit-
tera jamais ! c'en est fait de moi-même, et
c'est vous qui répondez de mon existence.
Cependant, comme le cœur de l'homme est
indépendant de ses propres résolutions, je ne
vous demande qu'un serment qu'il vous sera

toujours possible de tenir. Si vous pressentez
que votre ame est prête à se détacher de la
mienne , jurez - moi qu'avant l'instant où je
pourrois le découvrir vous me donnerez la
mort : vous frémissez à ce mot ; vous ne pla-
cez pas bien votre terreur. Ah ! Fernand , c'est
quand j'ai parlé de ton inconstance qu'il fallait
trembler pour moi. Quelle pitié mensongère
te ferait craindre la fin de ma vie , plus que
l'éternité de mon désespoir ? Ne nous serions-
nous pas compris ? — Il me rassura par des ex-
pressions de tendresse inspirées par son amour ,
interprétées par le mien : mes parents , mes
amis , ma patrie , tout disparut à mes yeux ,
et cet Univers qu'on dit l'œuvre d'une seule
idée , devint pour moi l'image d'un sentiment
unique et dominateur. Les courses les plus
pénibles , les soins les plus ingénieux , tout
ce que mon ame , multipliée par sa passion ,
pût inventer pour le bonheur de Fernand ,
lui fut prodigué. Je pourrois exposer devant
vous des actions sans nombre qui comman-
dent la reconnoissance , qui uniraient ensemble par un lien sacré deux frères d'armes ,
deux amis ; mais quand toutes les facultés du
cœur sont consacrées à un seul objet , qu'im-
porte les combinaisons du hasard , qui offrent

à ce dévouement des occasions de se prouver plus ou moins éclatantes ? La passion se peint toute entière en elle-même, rien de ce qui en dérive ne peut l'égaler, et c'est à son foyer sublime que tous ses rayons doivent être sentis ".

" Je dois cependant vous tracer rapidement quelques traits de mon histoire. Un jour sur les bords de ce grand fleuve qui féconde et défend notre contrée, la mère de Fernand emportée par le courant, expirait dans les flots, si me précipitant après elle, il ne me fut encore resté assez de force pour la rapporter sur le rivage. A cet instant Fernand accourut vers nous: voilà ta mère, lui criai-je, j'ai assez vécu. Je perdis connoissance en prononçant ces mots; mais quand je revins à moi, Fernand était à mes pieds, il me remerciait de la vie de sa mère; le bonheur de me la devoir se mêlait déjà même, au plaisir de la retrouver; son amour se peignait dans chacun de ses accents, et régnait sur toute son ame. Ah, si sa voix pouvait encore se faire entendre, il aurait raison de me demander si dans cet instant, du moins, ce n'étoit pas lui, qui, par le charme de sa reconnaissance, était devenu mon bienfaiteur ? Mais, cruel, devois-tu faire goûter une si douce yvresse à l'objet que ton cœur

voulait abandonner ? Est-ce ainsi qu'il fallait
me préparer à la douleur, et mon ame plon-
gée dans les extases du bonheur s'apprenait-
elle à réserver quelque force, contre l'atteinte
du malheur ? Un jour la calomnie vous apprit à méconnaître Fernand ; vous l'accusâtes
d'être d'intelligence avec vos ennemis, et d'a-
voir conçu le dessein de vous livrer à eux ;
sa mort fut résolue : vous frémissez : oui, c'est
vous qui l'avez prononcée, cette mort le plus
grand crime pour tout autre que Zulma. Mon
amour ingénieux trompant tous vos surveil-
lants, sçut le dérober à leur poursuite ; ne
pensez pas que je rappelle ce tems pour ac-
cuser Fernand d'ingratitude. Loin de moi
d'appeller un bienfait tout ce que m'inspi-
rait l'invincible mouvement de mon ame !
mais lors que je vois immolé, par ma propre main, cet objet, que, pendant tant de
jours, j'ai préservé de dangers inouïs ; cet
objet pour qui j'ai sçu chercher la vie à travers mille morts, je me regarde avec étonnement, je me crois l'ennemie de moi-même,
je ne sais plus où je vis, et ce n'est qu'en
posant la main sur mon cœur, en le sentant
encore consumé de la même passion, que je
parviens à me reconnaître à travers l'horreur

et le contraste de mes sentiments et de mes malheurs. Je suivis Fernand dans les déserts, où, pendant une année, votre arrêt cruel le contraignit à se cacher. C'est dans ces lieux arides que souvent les secours les plus nécessaires à l'existence, étaient prêts à lui manquer. Une source, un palmier faisaient époque dans notre vie : quelquefois, pendant son sommeil, détachant mes long cheveux, je les soutenois de mes mains, pour préserver sa tête des rayons brûlants du soleil. Je ne sais si j'ai souffert dans ce séjour affreux; mais, toute entière à l'espérance d'adoucir quelques-unes de ses peines, il ne m'est resté de cette année que le souvenir, que l'impression d'un même sentiment. Rochers terribles, sables brûlants, c'est à vous seuls que mes derniers souvenirs de bonheur sont attachés! Rejetté par sa patrie, abandonné par la nature même qui semblait se refuser à l'aliment de sa vie, une femme environnait Fernand de tendresse et d'amour. Souverain encore dans ces déserts, il voyait l'existence et le bonheur dépendre d'un de ses regards; la puissance et la gloire, tout lui étoit retracé par mon abandon et mon enthousiasme, mon amour se plaçait toujours entre l'injustice des hommes et ses

propres réflexions. Il se jugeait dans mon
cœur, il m'aimait, il vivait.... Ah! Dieu!..."

Les sanglots alors étouffèrent la voix de Zulma. A l'image du bonheur j'avois vû par de-
grés toute sa force l'abandonner : je regardai
les vieillards qui restèrent immobiles et sévères, comme si la condamnation de Zulma
leur eût semblé inévitable. Le peuple plus
facilement émû murmurait le mot de grace :
ce bruit rappellant Zulma à elle-même, elle
reprit aussi-tôt la parole : " Peuple, s'écria-t-
elle, vous absolvés trop tôt le plus grand des
attentats. Je m'indigne pour Fernand d'une si
prompte clémence. Ecoutez-moi : Les concitoyens de Fernand furent enfin éclairés sur
ses talens, sur ses vertus. Vous vîntes le
chercher pour lui rendre à la fois votre admiration et votre estime, et vous confiant avec
raison à sa grande ame, c'est du fond de son
exil que vous le ramenâtes à la tête de vos
armées. Malgré mes prières il en accepta le
commandement. Mes sollicitations ardentes
ne purent l'en détourner. Son danger me faisait horreur, sa gloire ne m'étoit plus nécessaire. Dans les premiers tems de ma passion
pour lui, j'aimois tout ce qui pouvoit en justifier l'excès. Quelquefois même je m'énor-
gueillissois

gueillissais des succès de Fernand, et j'osais croire qu'en secret il se plaisait à me les consacrer. Mais à cette époque de notre amour, quel évènement extérieur pouvait ou le diminuer, ou l'accroître? Mon ame avait passé dans la sienne; et devant moi comme au tribunal de sa propre conscience, ce n'était pas de ses actions, mais de ses sentiments seuls qu'il avoit besoin. Il partit cependant, et trois fois il revint vainqueur. Les acclamations de la victoire précédèrent son retour, et c'est au bruit de sa gloire que j'apprenais mon bonheur. Chaque fois qu'il me quittait, des préssentiments affreux me remplissaient de terreur. Je sais que l'exaltation de la douleur produit ces mouvements qu'on veut trouver surnaturels, et que les grandes passions dominatrices de l'ame, agissent sur elle comme par une sorte d'inspiration étrangère, qui lui fait croire à ses propres impressions comme à des oracles. Mais qui pourrait cependant ne pas désirer que l'ame fut avertie d'avance de l'approche des grands malheurs, comme la terre tremble quand les abymes vont s'ouvrir, comme le ciel se couvre de nuages quand la foudre est prête d'éclater "!

" Un jour le bruit se répandit que Fernand avoit péri dans le combat: errante à travers les horreurs du carnage, ce spectacle qui

B

pour la première fois frappait mes regards
ne laissait aucune trace dans ma pensée;
c'était lui que je cherchais à travers le sang
et les morts, et cette affreuse image ne s'of-
frait à moi que comme un obstacle à franc-
chir. Après plusieurs heures, épuisée de fati-
gue, je tombai au pied d'un arbre : là, dans
la violence d'un malheur si profond, que
tout le sentiment de mon existence n'était que
l'action d'une seule douleur, je cherchais à
me calmer par la résolution prise depuis long-
tems de ne pas survivre à Fernand: hé quoi!
me disais-je, qu'y a-t-il donc dans sa mort,
dont la mienne ne me délivre? Mais l'instant
qu'il fallait vivre pour apprendre qu'il n'était
plus, m'effrayait à lui seul plus que l'éternité.
Ma pensée ne pouvait se reposer dans la
tombe même, où sa perte m'allait précipiter.
Jamais mon ame n'avait pû concevoir l'idée
du néant absolu, et sous toutes les formes de
l'existence je me voyais poursuivie par l'atteinte d'une telle douleur. Absorbée dans l'y-
vresse du désespoir, m'examinant moi-même
avec une attention féroce, je le vis paraître :
grand Dieu! ce n'était pas la vie, c'est le
ciel qui me fut rendû; je parcourus dans un
instant l'infini des distances morales; c'était
lui ! mon ame s'affaissa sous le poids de sa

félicité. Ah! qui a vécu un tel jour a dévoré l'existence de longues années, et pour moi les tems ne sont plus. Oui, mon Dieu, à cette heure encore, précipitée dans l'abyme des misères humaines, je te remercie d'avoir existé. Tu as rassemblé sur moi dans un seul jour tous les biens épars dans la vie. Ce jour, mon ame passionnée, a pû toucher aux bornes qui séparent la nature humaine de ta céleste essence. Fernand étoit légérement blessé; mais bientôt on apprit que nos farouches ennemis avaient trempé leurs flêches dans un poison mortel, et que le seul moyen de sauver la vie de Fernand étoit qu'il fit sucer sa blessure par celui qui ne craindrait pas le danger qu'il y puiserait. Combien la destinée me parût alors attentive à mon bonheur? J'allais faire passer dans mes veines le poison qui menaçait les jours de Fernand. Ah! dans les chimères mélancoliques qui seules plaisent aux ames tendres, quelle plus douce situation pouvait jamais se présenter! Je vainquis la résistance de Fernand, je le trompai sur les périls que j'allais braver; mes heureux efforts arrachèrent la mort de son sein. Long-tems à mon tour il me fallut lutter contre elle; la force de ma jeunesse en triompha; on dit que l'action dévorante de ce poison cruel troubla

ma raison, ce n'est point mon excuse, ce n'est
point celle de Fernand. Toutes les idées accessoi-
res pouvaient être bouleversées, mon amour,
tant que j'existais, n'était point altéré. Zulma
était la même pour Fernand, il n'avait pas le
droit de la méconnaître, ah! mon cœur seul doit
expliquer mon attentat, quels mouvements de
folie seraient aussi forts que l'égarement de la
passion même qu'ils serviraient à justifier ".

" Fernand me demandât de me quitter pour
quelques jours, je combattis cette résolution;
je m'en plaignis avec amertume : non ce n'é-
tait point au nom de mes bienfaits que je me
croyais des droits sur Fernand ; c'était le souvenir, l'impression de mes propres sentiments
qui me faisait croire à mon empire, il me semblait que j'avais au fond de mon ame une
puissance d'amour qui devait le dominer, et
qu'un homme si passionnément aimé ne pouvait pas se croire libre. Cependant le soup-
çon ne pouvait approcher de moi, ce sentiment incertain n'était pas fait pour mon ame. --
Je consentis enfin à la volonté de Fernand. -- Il
partit. -- A l'époque fixée pour son retour je l'at-
tendais. Un jour, oui, un jour semblable à tous les
autres, que le soleil éclaira des mêmes rayons,
je me promenois seule, faible, égarée dans
ces mêmes lieux tous remplis encore du passé,

je m'avançais dans le fond de la forêt, lorsque j'apperçus Fernand aux pieds de la jeune
Mirza : c'est la dernière fois que mes yeux ont
vû ; dans cet instant encore cet horrible tableau m'apparaît tout entier , il me dérobe
l'apprêt de mon supplice : son aspect me serait plus doux. Je n'eus pas le tems de réfléchir , j'agis sans le concours de ma pensée ,
ma main saisit l'arc sur lequel elle se repo-
soit, la flêche mortelle fut lancée , Fernand
tomba. Je n'eus d'abord qu'une idée : c'est
qu'il avoit cessé d'adorer Mirza. Cependant ,
quand son sang vint à couler , quand la pâleur
de la mort.... je ne sais ce qui se passa dans
mon être , j'ai perdu depuis ce tems l'identité ,
le souvenir de l'existence. Le désespoir de ma
famille a pû seul me rappeller à moi ; ils sont
venus me dire que ma condamnation entraî-
nait la leur, qu'il fallait me justifier pour les
sauver. Ils veulent encore de la vie : j'ai dû
leur obéir. Vous avez entendu mon histoire ;
aucun de vous n'a douté de sa vérité ; il n'en
est pas un accent qui puisse appartenir à l'imi-
tation : maintenant vous êtes injustes, si vous
me condamnés. Qui de vous se croit plus appellé que moi à venger la mort de Fernand ?
Qui de vous a sauvé mille fois sa vie ? Qui
de vous l'adore encore en cet instant ? J'avais

le droit de prononcer sur son sort : si ce cœur
l'a jugé coupable, qui de vous oseroit l'absou-
dre ? Fallait-il qu'il vécut, l'exemple de la perfi-
die et de l'ingratitude ? Fallait-il que sa gloire fut
souillée, et que le nom de Fernand fut porté
par qui n'était plus lui ? J'ai sauvé mon amant,
il est resté immortel, son ombre applaudit à
mon courage ; je suis sûre qu'en expirant aucun sentiment de haine n'est approché de son
cœur. Non, aucun tribunal, aucune nation,
le ciel même, ne peut juger entre Fernand et
moi. L'amour qui m'unissait à lui ne peut éga-
rer, ne peut rendre criminelle ; il est au-dessus des loix, des opinions des hommes, il est
la vérité, la flamme, le pur élément, l'idée
première du monde moral. Les sentiments qui
vous animent tous n'en sont qu'une empreinte
effacée. La mort, cette pensée que l'homme
regarde comme la plus terrible et la plus abso-
lue, disparaissait toute entière en présence de
celle qui m'occupait. Qu'est-ce que sa vie,
qu'est-ce que la mienne auprès de cet amour
qui suffirait à l'éternité ? Que les hommes donc
ne jugent pas de ce qui n'est pas du ressort des
hommes : laissez mon cœur prononcer sur lui-
même. Pouvez-vous inventer un supplice mortel qui ne soit un soulagement pour moi ? Vous
ne punirez que ma famille, cette famille inno-

cente , étrangère à des mouvements que rien ne
sauroit inspirer , ni contraindre. Sauvez-lui donc
la honte de ma condamnation ; écoutez-moi ;
quand je vous assure que cet arrêt serait injuste.
Me croyez-vous de l'aveuglement sur moi-même ? Pensez-vous que je m'y intéresse assez
pour me tromper ? Ah! de tous ses juges le plus
impartial , c'est Zulma. L'intérêt du salut même
des auteurs de mes jours n'obtiendrait pas de
moi de recourir à la feinte : comment aussi le
pourrais-je ? J'existe si fortement en moi-même,
que me montrer un autre est au-dessus de mon
pouvoir ; et l'ombre de Fernand qui m'écoute,
m'en impose plus que vous. Peuple , j'ai parlé ;
vieillards , jugez - moi ". — A ces mots Zulma
s'arrêta : l'émotion qu'elle avait causée rendit
encore un instant la foule silencieuse ; mais dès
qu'on ne l'entendit plus , des cris sombres et tu-
multueux s'élevèrent en sa faveur ; les juges, ou
participèrent au mouvement de la multidude ,
ou crurent impossible d'y résister , et la grace
de Zulma fut prononcée. Sa famille l'entoura ;
le peuple extrême dans ses sentiments, non
content de délivrer cette belle accusée , vouloit
la couronner comme dans un jour de triomphe.
Arrêtez, s'écria-t-elle, ma famille est-elle absou-
te ?—Oui, lui répondit-on à grands cris. —Jamais le nom de leur fille ne leur sera-t-il repro-

ché, -- jamais -- allons, reprit alors Zulma, allons, le long travail est fini ; -- et par une action impré- vue elle enfonça dans son sein l'une des flè- ches suspendues à son côté. Un mouvement de terreur et d'étonnement saisit tout ce qui l'environnait : -- et vous avez crû , leur dit-elle avec un dernier effort , que je laisserais vivre l'assassin de Fernand ? Ah! si j'avais pû exis- ter sans lui, son inconstance était juste. -- Alors se tournant vers le corps de Fernand, vers sa malheureuse mère : -- objets sacrés, s'écria-t-elle, je puis vous regarder à présent, Fernand, et vous , sa mère , laissez - moi m'approcher de lui; à la trace de mon sang, n'ai-je pas le droit d'avancer vers vous ? Je vais rejoindre Fer- nand dans ce séjour où il ne pourra chérir que moi, où l'homme est dégagé de tout ce qui n'est pas l'amour et la vertu. Nous vous y atten- drons tous les deux. Je meurs , . . . -- l'infortunée Zulma tomba sans vie aux pieds de la mère de son amant. Cette femme malheureuse , à cet instant sembla confondre dans sa tendresse et sa pitié ces deux objets immolés l'un par l'autre. Mais bientôt succombant sous le poids de la douleur maternelle, elle parut perdre le sentiment d'une existence , dont la vieillesse au moins promettait d'abréger le terme.

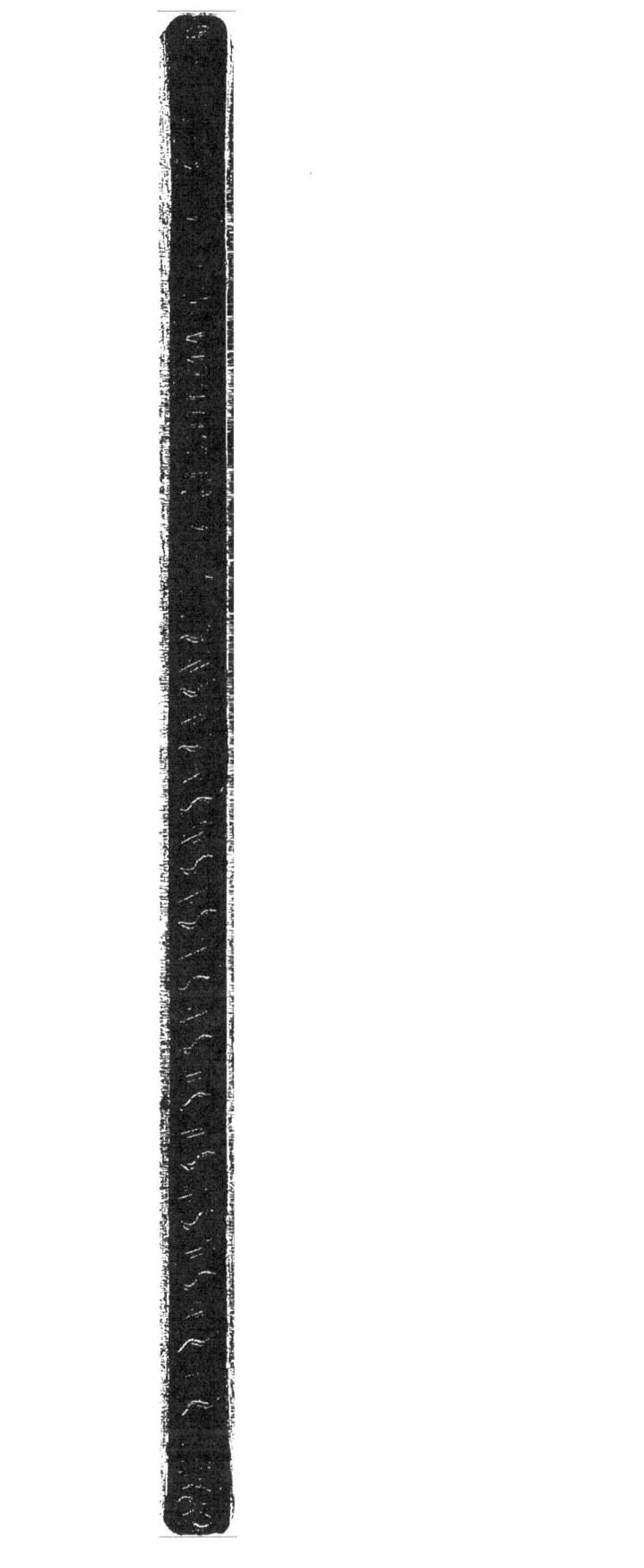

www.ingramcontent.com/pod-product-compliance
Lightning Source LLC
Chambersburg PA
CBHW060855180626
46818CB00004B/1716